Amigos BDSM

Serie completa

Erika Sanders

Amigos BDSM
Serie Completa

Erika Sanders

Dominación y Sumisión Erótica

Imagen portada: @ Khusen Rustamov - Pixabay, 2023

Primera edición: 2023

Sinopsis

Erika propone dar un paso más en su relación con su mejor amigo sexy y dominante...

Amigos BDSM es una novela de fuerte contenido erótico BDSM y, a su vez, una nueva novela perteneciente a la colección **Dominación y Sumisión Erótica**, una serie de novelas de alto contenido BDSM romántico y erótico.

(Todos los personajes tienen 18 años o más)

Nota sobre la autora:

Erika Sanders es una conocida escritora a nivel internacional, traducida a más de veinte idiomas, que firma sus escritos más eróticos, alejados de su prosa habitual, con su nombre de soltera.

Indice

AMIGOS BDSM
SERIE COMPLETA
ERIKA SANDERS

PARTE 1

Había sido un día como cualquier otro día.

Excepto que no lo era. Hoy fue especial. Hoy era el día en que mi mejor amigo Richard estaría en el campus de la ciudad de Nueva York para tomar uno de sus exámenes finales de la facultad de derecho. Al igual que cada vez que venía a mi lado del río Hudson, eventualmente me enviaba un mensaje de texto para cenar con él. Déle media hora más o menos para terminar la prueba y su invitación aparecerá en mi teléfono.

Pasé mis dedos por mis muslos, dejándolos llegar tan alto como el borde de mi vello recortado antes de volver a bajar. Sólo un poco de provocación para calentarme. No lo necesitaba, no después de todas las provocaciones y bromas que me había hecho la semana pasada. Mi coño había estado goteando casi constantemente y mis pezones no habían sido suaves en mucho tiempo. Aún así, necesitaba calentarme lo más posible antes de ir esta noche. Mi plan era estar tan caliente que la lujuria ahogara mi miedo al rechazo cuando finalmente intentara salir de la zona de amigos.

Normalmente no soy tan cobarde. De hecho, tengo mucha confianza y coqueteo descaradamente con todos los demás en el mundo. Pero tal vez eso es solo la libertad de la indiferencia. No me importa mucho lo que piensen de mí las aventuras rápidas, siempre y cuando me liberen. Richard... bueno, él es diferente. Quería mucho más que una cogida rápida de él. Quería que sintiera por mí lo que yo sentía por él. Y, aunque nunca me ha mostrado nada más que positividad y respeto, tampoco ha tratado de dejar de ser solo amigos. Y es el tipo de hombre que actúa según lo que quiere.

'Tal vez es por eso que nunca ha hecho un movimiento conmigo', pensé para mí mismo mirando mi cuerpo lascivo. 'Soy más un chico que una chica. Soy desordenado y me rasco en público. Me visto para la comodidad y odio usar maquillaje. Paso todo mi tiempo libre en el gimnasio, jugando videojuegos o masturbándome viendo porno. Esas son las características definitorias de la masculinidad, ¿verdad? Ah, sí, y mi mejor amigo me ha puesto en la friendzone . Se supone que las chicas no deben ser enviadas a la zona de amigos por sus amigos varones, ¿verdad? Estoy bastante segura de que se supone que debe ser al revés.

No tengo el cuerpo de reloj de arena más femenino por excelencia. Con 5'11 ", era un poco más alta que la mayoría de los chicos con los que había salido sin éxito. Un amor de toda la vida por el baloncesto y sentirme en forma había hecho que mis músculos estuvieran un poco mejor definidos de lo que la mayoría de las mujeres se permiten tener. Forma perfecta para seduciendo a los compañeros de equipo... pero muy lejos de las bellezas delicadas con las que Richard había salido a lo largo de los años.

Si las cosas iban mal, no era exactamente como si tuviera un círculo social fluido al que recurrir...

'¡Para! Deja de ser tan deprimente. Por eso finalmente se me ocurrió este plan, para apagar esa parte negativa de mí misma. Llevé mis manos a mis pechos. A la mierda sintiéndome poco femenina, mis tetas son jodidamente increíbles. Su volumen de copa C llenó mis manos por completo con un peso agradablemente femenino. Claro, su tamaño a veces se interponía en mi estilo de vida activo, pero el placer que me daban lo compensaba con creces. Pasar mis palmas suavemente sobre mis pezones me hizo temblar y respirar más pesado. Traté de mantener mis caricias suaves y provocativas, pero al poco tiempo me encontré empujando mi pecho hacia adelante y apretando mis pezones tan fuerte como podía soportar. Casi la hora del evento principal.

Mi disco duro externo probablemente debería haber figurado en la lista de razones por las que básicamente soy un hombre. No muchas mujeres que he conocido tienen 226 gigas de porno descargado. Por otra parte, eso no fue mi culpa. Ese fue todo obra de Richard, y mostró exactamente por qué nuestra amistad nunca había sido lo que uno podría llamar típicamente platónico. Incluso siete años después, el recuerdo de conocerlo y nuestro vínculo temprano todavía me hacía sonreír. Era tan típico de Richard... confiado sin estar lleno de sí mismo, firme sin ser abrasivo, su magnetismo me había atraído tan fácilmente.

No era muy buena para hacer amigos en la escuela secundaria. Fue difícil encontrar un grupo que me aceptara. La pandilla de jugadores no parecía saber cómo manejar a alguien con senos que quería jugar League of Legends con ellos. Los deportistas masculinos nunca jugarían a toda velocidad conmigo o contra mí, a pesar de que yo era de un tamaño similar o más grande que la mayoría de ellos. Y, por supuesto, preferiría haber abierto una vena que hacer lo necesario para encajar con las perras básicas de la cultura femenina dominante de la escuela secundaria.

No es que yo fuera una solitaria de ninguna manera. Tenía amigos, pero se sentían más como jugadores de rol de nicho que como conexiones personales. Por ejemplo, Heather y yo nos rascábamos la picazón de los videojuegos, pero ambas éramos demasiado introvertidas y torpes para estar muy cerca. Yo estaba en el equipo de baloncesto femenino, pero tenía problemas para relacionarme con cualquiera de mis compañeras de equipo 1 a 1 sin la pretensión de practicar. Para resumir, nunca me sentí realmente aceptada por ser más que una parte de mí. Me acostumbré mucho a mi propia compañía y desarrollé una personalidad cínica e irritable que alejó a mucha gente.

Hasta un día en el último año cuando me asignaron al azar a Richard como socio para un proyecto de estudios sociales sobre cómo los cambios tecnológicos recientes han impactado tradiciones, organizaciones o industrias de larga data.

Odiaba los proyectos grupales. Todo el mundo odia los proyectos de grupo. Las únicas personas a las que les gustan son los extrovertidos sin alma que están destinados a trabajar en un departamento de recursos humanos en algún lugar. Por supuesto, lo único peor que un proyecto grupal es uno con alguien popular. Especialmente cuando se trata de un chico popular y caliente. Toda la gente popular con la que había estado había sido exasperantemente engreída y condescendiente. Agregue a eso las miradas celosas de todas las otras chicas y estaba seriamente molesto.

Nos dieron los últimos minutos de clase para consultar con nuestros compañeros.

Richard era muy popular. Tenía fama de sentirse cómodo en casi cualquier grupo. Y también estaba seriamente bueno. Se vestía un poco mejor de lo que requería la escuela secundaria y era una pulgada o dos más alto que yo. Lo observé cruzar la habitación hacia mi escritorio, sorprendida por cómo su cabello corto y oscuro parecía delinear su rostro para acentuar la línea de su mandíbula de manera distintiva. Hacía que su sonrisa pareciera muy genuina y cálida, como si te estuviera invitando a unirte a una broma que solo tú y él conocían.

"¿Por qué te ves tan feliz?" Le pregunté cuando llegó a mi asiento. Como dije, personalidad espinosa.

"¡He estado esperando una oportunidad como esta! Este proyecto es perfecto". Me encogí, pensando que era una línea de recogida realmente extraña . Solo otro tipo tratando de meterse en mis pantalones.

"Lo siento, pero tendrás que hacerlo mejor que eso".

" Oh, vamos, no me digas que no has estado buscando la excusa perfecta para hacer un proyecto escolar sobre pornografía". Hice una doble toma. '... Bueno, eso es nuevo.'

"Em... ¿qué?" Su sonrisa se volvió un poco traviesa, pero continuó en un tono completamente serio.

"Durante décadas, la pornografía fue formulada. Seguía un guión establecido de poco o nada de juegos previos, mamadas y penetración dura en numerosas posiciones incómodas e improbables en una inyección final de dinero. Hoy en día, ese tipo de cosas tiene muy pocas vistas en Pornhub. Demanda es mucho mayor ahora para representaciones más realistas del sexo, especialmente para los aficionados que se enfocan en el placer femenino. Antes, la gente compraba DVD con escenas genéricas en cada uno. Ahora, hay cientos de subreddits dedicados a problemas específicos. ¿Qué ha cambiado? ¿Es simplemente la adaptación a Internet? ¿Está relacionado con la expansión de la audiencia y una audiencia más diversa? ¿Es porque hay más proveedores tratando de encontrar un nicho competitivo? Tiene que haber suficiente material para un periódico allí. ¿Qué piensas?

Mi mandíbula estaba casi en el suelo. Estaba completamente en serio. Simplemente se acercó a mí, no parpadeó ante mi rudeza, comenzó a hablar intelectualmente sobre pornografía y parecía legítimamente interesado en lo que tenía que decir. 'El tipo tiene pelotas. Tengo que respetar eso.

"Parece que has pensado mucho en esto", tartamudeé.

"Lo tengo", confirmó. "Estoy interesado en lo que mueve a la gente. Y, como adolescente púber que soy, parece que hay pocas cosas que mueven a la gente tan profundamente como el sexo".

Es muy hablador. El salón de clases se había vaciado y la próxima clase estaba entrando. Me apresuré a guardar mis libros en mi mochila. "Bueno, tal vez no sea lo mismo, pero apuesto a que habrá más gente ambidiestra debido a la pornografía".

"¿Enserio? Qué es eso?"

"Bueno, necesitas una mano para manejar el mouse y otra para masturbarte". Traté de igualar su tono intelectual pero no pude lograrlo y me reí al final. Me sorprendió, no tenía la intención de decir eso. Tenía la intención de murmurar algo sobre la necesidad de llegar a clase y salir corriendo. Y otra sorpresa, no estaba extrañado y se estaba riendo conmigo.

"¡Tal vez tengas razón! Tal vez podamos incluir eso en la sección de conclusión 'mirando hacia adelante'. Escucha, tengo que ir a trigonometría, pero te enviaré un mensaje esta noche". Y tan repentinamente como había llegado, se fue.

Así es como Richard y yo comenzamos a vincularnos, a través de la pornografía. Como dije, no es una amistad platónica normal. Todo en nombre de la investigación educativa para nuestro proyecto, por supuesto.

De acuerdo, tal vez seguimos adelante después del final de ese proyecto, en el que obtuvimos 100 por cierto. Me enviaba un enlace a algo interesante y yo trataba de encontrar algo más interesante, de un lado a otro tratando de superar al otro durante horas y horas. No nos tomó mucho tiempo entender realmente lo que nos motivaba mutuamente.

Richard era un dominante. Salió de controlar a 'sus' mujeres y hacer que lo obedecieran. Lo sé porque me lo dijo desde el principio. Le pregunté en qué estaba y literalmente me dijo: "Soy un dominante. Me excita sentir que tengo el control y estar con alguien que acepta mi control". Está bien, tal vez lo expresó un poco diferente... pero aún así. Lo dijo con tanta naturalidad, como si fuera la cosa más natural del mundo.

En ese momento, yo no era pervertida en lo más mínimo. Aún así, el gusto de Richard no me pareció raro. Sentí que debería, me mostró algunas cosas bastante sádicas después de todo, pero realmente no fue así. No podía juzgarlo porque, por primera vez en mi vida, sentí que alguien realmente me aceptaba por completo. Richard abrazó la parte de mí que quería ser un nerd y soñar con Mistborn . Animó a la parte de mí que quería ser hipercompetitiva y demoler enemigos en la cancha de baloncesto y en la Grieta del Invocador. Entendió la parte de mí que a veces quería que la dejaran sola. Me hizo preguntas y me hizo sentir que podía responder con la verdad, que realmente quería mi honestidad total y contundente. Le dio a mi zorra interior un refugio seguro para salir y no ser juzgada ni sentirse amenazada. Y, quizás lo más importante, entendió que solo porque a veces soy una perra total no significa que realmente lo odie.

Lentamente, casi imperceptiblemente para mí, comencé a excitarme con el BDSM. Me encontré profundizando más en él, tratando de encontrar material nuevo que lo encendiera. Él, a su vez, me alimentó con una dieta constante de torceduras. Una dieta hecha a medida para mí. Por ejemplo, me identifico como bisexual, pero realmente solo me mojo con un tipo específico de mujer. Alguien que es muy fuerte y me sorprende. Es un poco difícil de describir, pero lo reconozco cuando lo veo, y él también. Me enamoré cuando me mostró Queensnake . Ella y todas sus modelos son jodidas diosas de la resistencia física, la disciplina mental y la fortaleza emocional. Mis ojos estaban a centímetros de la pantalla observándola dar brazada tras brazada y lograr levantarse de nuevo cada vez. Creo que nunca había estado tan mojada en mi vida. La admiraba mucho y quería ser así de fuerte.

Pero nunca fue realmente sexual entre nosotros. Nunca hablamos de masturbarnos o de querer follarnos a las modelos o de corrernos ni nada. Decíamos 'eso está bueno' o hablábamos de lo que nos gustaba o no nos gustaba, pero claramente sin sexting. Fue genial al principio porque hizo que todo pareciera seguro para mí. Pude expresar una parte tabú de mí a alguien que no solo estaba tratando de meterse en mis pantalones.

Pero luego me di cuenta de que quería meterme en los pantalones de Richard. Entonces dejó de ser tan grande. Para entonces ya nos habíamos graduado y asistíamos a diferentes universidades en tres estados de distancia. Nuestra relación evolucionó. Solo nos veíamos en línea o durante las vacaciones visitando casa. La parte pornográfica de nuestra dinámica se desaceleró drásticamente hasta detenerse finalmente cuando ambos comenzamos a salir. Bueno, él salió. Me lancé sobre el cuerpo más sexy de cualquier fiesta.

Sin embargo, fue una parte muy formativa de mi vida, y toda nuestra historia antigua de conversaciones de mensajería instantánea se guardó en mi disco duro externo. Años de enlaces, descargas y erotismo pasaron ante mis ojos mientras lo cargaba en mi computadora portátil. En el transcurso de muchas noches placenteras, lo clasifiqué todo en carpetas para Iconic Chats, Goddesses, Summissive Fantasies, Romantic Gay, Friends to Lovers (un placer mío especialmente culpable), y docenas más. A veces quiero algo al azar, a veces algo específico. En el trabajo ese día, pasé una vergonzosa cantidad de tiempo soñando despierta con un video favorito.

Mis dedos se sumergieron en mi coño mientras pulsé reproducir en 'Amateur dándole una mamada a su novio (#14)'. Su pasión y excitación lo convirtieron en un fuego caliente mientras adoraba su polla con la boca. Su rostro era un collage de emociones en competencia: emoción, alegría, concentración, placer y amor, mientras sus ojos se lanzaban entre el rostro de su amante y su polla. Es como si supiera que se supone que debe mantener el contacto visual mientras lo chupa, pero no pudo evitar mirar su polla. ¡Y era una hermosa polla! Piensa y bien formada, parecía que llenaría mi coño maravillosamente.

Curvé mis dedos dentro de mí, frotando mi punto G mientras tocaba mi clítoris e imaginaba que me llenaba la polla en su boca. Mi corazón se aceleró al mismo tiempo que su cabeza se balanceaba, cada latido enviaba pulsos de deseo a través de mí, haciendo que mi coño palpitara de lujuria. Mis músculos se tensaron y se me escaparon sonidos involuntarios. ¡Ese es exactamente el tipo de mamada descuidada que quería darle a Richard! Sintiendo su palpitante polla dura en mi boca... sus manos en mi cabeza guiando mi ritmo... El placer jugando a través de su hermoso rostro, sintiendo su duro abdomen flexionarse, sus piernas temblando a mis costados mientras lo chupaba... Gemí con el placer que me recorría, imaginando que podía sentir mi voz en su virilidad. Mi coño irradiaba calor como un fuego, aparentemente inmune a todos los jugos húmedos que brotaban de mí.

Algo más. Otro vídeo. Si me quedaba con este hasta el final, para ver su mirada de pura satisfacción después de tragar su carga, me correría en segundos y necesitaba contenerme. Provocar y negar es uno de los juegos favoritos de Richard, y no soy tan bueno en eso como algunos blogueros a los que sigo, pero había mucho en juego que me impidió caer al límite. Satisfecho me es racional. El yo racional se pone nervioso y tiene miedo de correr riesgos. Mi yo racional se había abstenido de confesar su atracción por Richard durante años, ¡y no tenía por qué salir del armario esta noche!

Estaba tan absorta en el hedonismo masturbatorio que no vi la alerta de texto nuevo durante algún tiempo.

Richard: Oye, esta noche estoy en tu vecindario. ¿Te gustaría cenar conmigo?

'Tiene que ser el único tipo en la Tierra que usa la puntuación correcta en los textos', pensé. Nuestro historial de mensajes de texto era una larga cadena de inglés perfectamente corregido de él, contrastando la taquigrafía y los emojis míos. ¡Esto fue! ¡Todo según el plan! Está bien, no pienses, solo deja que tus hormonas hablen por ti.

Erika: si suena bien

Erika: hay algo de lo que quería hablar

Erika: no me dejes decir que es nada

'¡Éxito!' Esperaba sentirme consumido por el arrepentimiento y querer retractarme, pero no lo hice. Un poco nervioso, pero emocionado. Mi clítoris, confundido acerca de dónde se había desvanecido su placer, palpitaba de frustración. Sonreí y la acaricié suavemente como a un cachorro. "No te preocupes, tendrás algo de acción real lo suficientemente pronto... espero". Supuse que es difícil sentirse demasiado aprensivo con tanta lujuria corriendo por tus venas.

De una manera real, ¿qué tenía que perder? Richard había sido mi mejor amigo durante siete largos años, pero nuestra relación no había sido lo que yo quería para la mayoría de ellos. Nunca me había sentido realmente realizado con ninguna de mis parejas y había estado casi mortalmente celoso de todas sus novias. Además, racionalmente hablando, este era el momento perfecto. Ambos éramos solteros y vivíamos tan cerca el uno del otro como dos adultos que trabajaban razonablemente podrían desear.

De acuerdo, tal vez había sido 'el momento perfecto' durante varios meses mientras arrastraba los pies... ¡pero eso no venía al caso!

Algo había pasado con su última novia. Estuvieron juntos durante más de dos años, pero su ruptura fue mala. Nunca hablamos de sus parejas románticas, probablemente porque me volví malhumorado las primeras veces que surgieron. Fuera lo que fuera, era tan malo que ahora estaba tratando de reprimir su lado dominante pervertido natural y estaba buscando satisfacción vainilla en una gran cantidad de conexiones de Tinder. Parecía menos él mismo... menos confiado y siempre un poco cansado.

Más que mi propia atracción no correspondida, quería ayudarlo. Quería ser quien lo abrazara por completo y lo dejara ser él mismo, de la forma en que lo había hecho por mí. Después de muchos intentos de sacarlo de sí mismo, finalmente me di cuenta de que la única forma de hacerlo era dándole una nueva sumisa. Y ese iba a ser yo.

Está bien, está bien, estaba más que un poco nervioso al respecto. Richard era muy dominante por naturaleza, pero yo no era una sumisa nata. Quería ser uno para él, pero no sabía qué tan bien podría desempeñarme. 'Todo estará bien', me dije a mí mismo por centésima vez, 'llévalo a bordo primero y luego preocúpate de las cosas pervertidas'.

Richard : Bueno, ahora tienes mi atención. Pasaré por tu casa en una hora. ¿Te apetece italiano?

'¡¿¡Una hora!?!' No era como si hubiera pasado eones frente al espejo, pero realmente necesitaba una ducha. Agua caliente corriendo por mi cabello, sobre mis pezones y entre mis piernas... mmm... Algo me dijo que necesitaría algo de tiempo para limpiarme adecuadamente.

PARTE 2

Llegó con un traje completo con corbata, pantalones perfectamente arrugados y gemelos. Todo eso solo para tomar una final. Típico. No me queda claro si incluso tenía un par de jeans. Una tarde de verano de 85 grados y está vestido para impresionar y todavía se ve exasperantemente limpio, fresco y relajado. El sudor, aparentemente, era el tipo de cosa que le pasaba a otras personas. Yo, en cambio, había ido con jeans casuales y una camiseta sin mangas. Una camiseta sin mangas bastante escotada que mostraba mi pecho maravillosamente. Me había aplicado un poco de delineador de ojos, lo cual es francamente elegante para mí, pero todavía éramos una pareja bastante dispareja.

Era completamente típico para nosotros. Estuvo a punto de arruinarse por la moda, mientras que yo probablemente me rompería las piernas si tratara de caminar con tacones. Aunque me burlé de él al respecto, tenía que admitir que lo hacía lucir muy bien. La forma en que la ropa de corte pronunciado abrazaba sus costados y mostraba su cuerpo atlético... y esos pantalones abrazaban su trasero exactamente a la perfección...

Hay literalmente miles de lugares increíbles para comer en Brooklyn cerca de la casa de Richard. La ciudad de Nueva York, por otro lado... no tanto. Hay muchas ventajas de vivir en el lado equivocado de Manhattan. Como poder pagar el alquiler y poder salir de casa sin que te asalten, por ejemplo. La más grande es la vista. Las vistas del centro de Manhattan desde la ciudad de Nueva York son las mejores vistas de la ciudad en la Tierra. Estaba muy feliz por esto cuando Richard y yo nos instalamos en un restaurante italiano junto al agua porque desvió su atención de mí mientras luchaba por recuperar la compostura.

'Solo respira', me dije, 'Es Richard, hablas con él en línea todos los días'. Pero ni siquiera había mirado mi escote ni una sola vez. Ni siquiera me había mirado el culo mientras me ataba el zapato. No me llenó de confianza.

"Es asombroso", dijo, mirando por encima del agua hacia Battery Park y Wall Street, "capta mi atención sin importar cuántas veces lo vea".

"Sí."

Una agradable brisa soplaba desde el agua sobre nosotros, alejando lo peor del calor del verano. Ondeaba a través del cabello de Richard de una manera muy llamativa. Un calor subió por mi cuerpo que no tenía nada que ver con la temperatura. Estaba tan jodidamente sexy en un traje... Al otro lado de la calle de nuestra mesa, los turistas llenaban el camino junto al río. Un grupo con un palo selfie se interponía en el camino de todos los demás y algunos ciclistas intentaban en vano moverse más rápido que un gateo. Ambos nos reímos cuando un niño desprevenido perdió un pretzel por una gaviota.

"Sabes que me muero de suspenso por aquí".

Salté, dándome cuenta de que su atención se había desplazado hacia mí. Es hora de decirle. Pero de repente, la neblina de excitación en la que había tratado de protegerme se desvaneció. Las mariposas revolotearon por mi estómago y sentí que me sonrojaba. ¡Es Ricardo! ¡Cuéntale todo lo demás! Si fuera cualquier otra persona en el mundo, ya estarías coqueteando con él. ¡Por el amor de Dios! Eres una mujer adulta, ordena tu mierda.

"¿Qué?" fue todo lo que logré sacar. '¡ Maldita sea !'

"Hmm... veamos si puedo adivinar. No terminaste el proyecto ARA en el trabajo, lo hubieras celebrado de inmediato sin ser críptico al respecto. Lo mismo ocurre con Tyler finalmente siendo despedido. No obtuviste un sube o habrías comprado el vino más caro del menú. Ese detalle al final me da mucha curiosidad . 'No dejes que digas que no es nada'. ¿Qué podrías querer decir con eso?"

Richard es un completo esclavo de su propia curiosidad, así que esperaba algo como esto y pasé horas averiguando cómo manejarlo. Probé un montón de variantes de suavizar el tema con tacto. Los odiaba a todos. La sutileza realmente no es lo mío. Suspiré, apreté los dientes y exclamé:

"Quiero ser tu novia." No veo la sorpresa en el rostro de Richard muy a menudo. Se sintió bien intercambiar nuestros roles típicos de esa manera. Que sea él el que esté desequilibrado por una vez. ¡Lo había dicho! ¡Por fin lo había dicho! "¡Dios, he querido decir eso durante años! Pero siempre estabas saliendo con alguien o yo era demasiado cobarde o esperaba que hicieras un movimiento conmigo por tu cuenta". Traté de medir su reacción, pero no pude. Su seria cara de póquer estaba puesta y me inquietó. "Y... supongo que estoy cansado de esperar. Y sé que has sido miserable con todas esas conexiones de Tinder. Has estado tratando de ser alguien que no eres desde que tú y Chloe rompieron. Te quiero ser tu yo completo conmigo. Así que sí, ahí está... por favor di algo".

¿Era miedo en su rostro? No... ¿aprensión? Se abrió un pozo en mi estómago, amenazando con arrastrarme hacia él. Pero no, había más allí. ¿Deseo? ¿Anhelo? ¿ Me estaba mostrando las emociones que quería ver? '¡Por favor di algo!' Internamente supliqué, '¡por favor!'

Finalmente, lo hizo. "Vaya, eso es mucho para asimilar". Parte del sudario se levantó y él ofreció una sonrisa tentativa. "Puedes relajarte. Te deseo. Mucho".

"¿Tú haces?" '¡AHHHHH!'

"Sí, y lo siento si te he hecho sentir indeseable.

Sus palabras y su expresión no coincidían. "No pareces emocionado".

Él suspiró. "Estoy pensando en lo que dijiste acerca de que soy algo que no soy. Supongo que tienes razón, pero me gustaría escucharlo desde tu perspectiva. ¿Qué te hace decir eso?"

"Parecías deprimido. No tanto a mi alrededor, sino en general. No pareces tan seguro de ti mismo y tienes estos pequeños retrasos. Es como si tuvieras una reacción normal a las cosas que estás suprimiendo o repensando o algo así. Lo noté un poco después de tu ruptura y siento que no estás mejorando". Admitir la siguiente parte fue difícil, pero tenía que decir, "mira, sé que he sido una perra celosa con todas tus novias y lamento no haber preguntado por ti y Chloe, pero sé que ella era tu amiga". primera relación D/s realmente seria a largo plazo . Las cosas terminaron mal con ella y has estado tratando de apagar la parte dominante de ti mismo. Pero no puedes. Es simplemente quién eres, y es una parte de ti lo que hace que tu feliz."

"Y dices que no eres perspicaz con la gente..." murmuró para sí mismo. Luego, más fuerte, "¿Así que quieres salir conmigo para volver a juntarme?"

Lo miré deliberadamente de arriba abajo, dejando que mis ojos se detuvieran sobre sus labios, su figura en forma y directamente en su entrepierna. "Bueno... esa no es solo esa razón." Nunca había intentado coquetear con él y se sentía bien. Quería alejar la conversación de las áreas pesimistas y centrarme más en nosotros juntos, pero no funcionó.

"¿Qué pasa si hay una buena razón para tratar de dejar atrás el intercambio de poder? ¿Qué pasa si lastimo seriamente a Chloe y decido que excitarme con el dolor de mi amante es un poco jodido?"

'Oh dios, ¿cuánto le duele por dentro?' Me sentí terrible al darme cuenta de que mis celos me habían impedido ser solidario. Quería abrazarlo, pero sabía que esa no era la manera de llegar a él. Respondió mejor a la racionalidad. "Estás insinuando que fuiste abusivo y dudo mucho que eso sea cierto. Eres una de las personas más enfáticas que conozco. ¿Me equivoco en eso?"

"No...", dijo vacilante, "no abusivo así. Pero rompí su confianza varias veces. Bueno, supongo que para ser justos, ambos rompimos la confianza del otro. Pero aún así..."

"Richard", lo interrumpí, "tenemos veinticinco años. ¡Somos jóvenes! A veces hacemos cosas de las que nos arrepentimos". Tomé su mano del otro lado de la mesa y la apreté para enfatizar. "No puedes seguir castigándote para siempre. Mereces ser feliz". Su mano era firme y poderosa en la mía. Disfruté sosteniéndolo más de lo que esperaba.

Ambos miramos nuestras manos unidas. A él también pareció gustarle. Pero aun así, no estaba convencido. Sentí que me acercaba...

Lo presioné un poco más: "Mira, ahora no eres feliz. No lo niegues, ambos sabemos que es verdad. Aparte de las razones, le diste al estilo de vida vainilla más de la oportunidad justa y el experimento fracasó. Tal vez es hora de intentar volver a la bicicleta metafórica? Más viejo y más sabio, ¿ sabes ? Contuve la respiración mientras pensaba en ello. Los segundos pasaron, pero no sabía qué más decir.

Lentamente, sonrió. Algo en él cambió, casi imperceptiblemente. Parecía un poco más grande en mi visión y un poco menos tenso. Podría decir que no había terminado. Todavía tendría mucho trabajo por hacer para curar sus cicatrices, pero él parecía dispuesto a darme una oportunidad.

Tienes razón, no he sido feliz. Te lo confieso, lo he echado de menos. Me dio una mirada lobuna, hambriento de deseo, "Tal vez sea egoísta de mi parte, pero siento que quería que me convencieras. Quizás especialmente porque eres tú..." La inconfundible lujuria en sus ojos me emocionó absolutamente. ¿Especialmente porque soy yo? ¿Era posible que él también hubiera fantaseado conmigo? Mi respiración se aceleró y mi propio deseo se reavivó. Empezó a sentirse real. ¡Iba a atraparlo! Apreté su mano con más fuerza, posesivamente. '¡Mío!'

"Pero aún así", continuó Richard, "quiero asegurarme de que entiendes en lo que te estás metiendo. Hay una gran diferencia entre ser mi novia y ser mi sumisa".

"Está bien, quiero ser—" Me silenció con sus ojos. Hasta el día de hoy, no tengo idea de cómo lo hace. Nada cambia físicamente en ellos, pero de alguna manera, siempre funciona. Era la primera vez que realmente sentía su dominio dirigido hacia mí. Lo había sentido antes, lo había visto en exhibición en diferentes tonos constantemente, pero en realidad nunca me había golpeado así. Tuvo un efecto inmediato. Las palabras murieron en mi boca y me estremecí. Presioné mis piernas juntas, sintiendo que el calor dentro de mí se intensificaba.

"Esto es importante. Si realmente quieres que sea mi yo completo y desenfrenado, entonces no solo estamos hablando de sexo pervertido unas cuantas veces a la semana. Estamos hablando de que te entregues a mí. Física y mentalmente. y emocionalmente, aspiraré a poseer la totalidad de lo que te hace, Erika. Sería muy diferente de la amistad que hemos tenido durante toda nuestra vida adulta. ¿Estás seguro de que eso es lo que quieres?

Encontré su tono serio sin pestañear. "Sí. Quiero intentarlo. Habrá una curva de aprendizaje, pero quiero esto".

"Sé que lo haces. Tienes tu mente puesta y estás decidido a llevarlo a cabo. Será muy divertido jugar con esa vena obstinada tuya". Me estaba mirando , mucho más abiertamente sexualmente que nunca en toda nuestra relación. Mostrándome deliberadamente su atención en mis pechos, mis labios, mi cuello. Apreté mis piernas con más fuerza, deleitándome con su atención. Mientras miraba abiertamente mi escote, mis pezones se endurecieron, como si también quisieran su reconocimiento.

"Sin embargo", continuó Richard, "no me sentiré bien a menos que haga todo lo posible para brindarle la mayor comprensión posible antes de que cambiemos las cosas entre nosotros. lado." Consideró, luego sacó su teléfono y se desplazó a través de sus contactos. "Hay una amiga mía que vive bastante cerca a la que me gustaría invitar a unirse a nosotros. Ella puede contarte todo lo que desearía que alguien le hubiera dicho antes de sumergirse en la sumisión".

Pensé en retroceder. Ya estaba muy seguro de lo que quería. Todo lo que quería hacer era terminar la cena rápidamente, correr a casa y quitarle ese traje. Pero estaba tratando de hacer lo que creía correcto y se sentiría mejor sabiendo que lo había hecho. Así que me resigné a esperar un poco más. "Si es realmente importante para ti, está bien".

"Piensa en ello como un consentimiento informado. Además, te gustará. Ella es mucho tu tipo". Hizo una pausa, considerando, antes de continuar, "y hay un poco de información de fondo que probablemente deberías saber primero".

'Un poco' no lo cubrió exactamente. Resulta que había un montón de cosas que Richard nunca me había dicho mientras me protegía de la envidia de la novia. Él y Chloe habían conocido a algunas parejas de ideas afines en Fetlife y se reunían cada pocas semanas. Era escaso en los detalles, pero parecía que sus reuniones eran muy sexuales de una manera no del todo monógama. Una mirada melancólica atravesó sus rasgos mientras describía la dinámica abierta entre ellos, cómo se permitían y se apoyaban mutuamente y cómo era agradable ser abiertamente pervertido con personas que entendían. Aparentemente, se había distanciado de ellos desde la ruptura. Esta amiga suya, Cathy, formaba parte de ese grupo con su ama, y ella vivía a poca distancia. Mundo pequeño.

PARTE 3

Cathy apareció en nuestra mesa justo cuando estábamos pagando la cuenta. Digo 'apareció' porque realmente parecía que se materializó de la nada. En un segundo, Richard estaba haciendo cálculos matemáticos y, al siguiente, una mujer pequeña y pálida lo estaba abrazando. Deduje que no se habían visto en algún tiempo por sus acusaciones de que Richard apestaba para mantenerse en contacto y era un imbécil por provocarle una reunión en medio de la noche.

Tal como había dicho Richard, me gustaba su aspecto. Era pequeña, una cabeza entera más baja que yo, pero de constitución atlética, con manos de aspecto duro y piernas de excursionista. Llevaba una remera con el estampado de un bar local y jeans rotos en las rodillas para ser shorts. Sus pechos se veían maravillosos, lo suficientemente firmes y llenos para ser divertidos, pero lo suficientemente compactos para que no la molestaran mientras corría. El cabello corto y rojo enmarcaba su rostro, inclinado hacia un lado para mostrar las perforaciones orbitales y de hélice en una oreja. Ella estaba enfocada en mirarme simultáneamente mientras la observaba. Nuestros ojos se encontraron y la chispa de atracción entre nosotros habría hecho sonar mi radar incluso si Richard no hubiera mencionado a su amante. Mi tipo de hecho. Me enderecé e hice un espectáculo de sacar el pecho.

Le gustó lo que vio. "¿Quién es tu lindo amigo?" Ella preguntó. Cuando escuchó mi nombre, Cathy jadeó: "¡Tú eres de quien siempre habla! Es genial conocerte finalmente, estoy muy feliz de que este idiota finalmente se haya superado y te haya traído a nuestro mundo".

'¿Él siempre está hablando de mí?' Lo guardé para más tarde.

"De hecho", señalé, "Él no hizo nada. Lo invité a salir y todavía está arrastrando los pies".

Cathy miró a Richard con incredulidad. "¿Te invitó a salir una chica?"

Él se rió, "¿Es realmente tan difícil de creer que alguien pueda encontrarme atractivo?"

"Es difícil creer que necesitarías a alguien más para tomar la iniciativa".

Me uní a la risa de Richard, feliz de que alguien más apreciara mi lucha. "¡No me agredáis a mí también!" en broma levantó las manos. "De todos modos, antes de que entremos demasiado en eso, probablemente deberíamos devolverles su mesa. ¿Ambos están interesados en el helado? Hay un buen lugar cerca".

Terminamos comiendo una delicia cremosa de azúcar fría en un parque cerca de mi casa. Habíamos puesto a Cathy más al día y descubrí que me gustaba. La forma en que cruzó la calidez burbujeante con la franqueza irreverente hizo que fuera muy fácil conectarse con ella. Ella tenía mucho que compartir sobre 'nuestro mundo' como ella lo expresó.

Algunas de sus observaciones eran pequeñas anécdotas divertidas. Como, por ejemplo, cómo se encontró mezclando puños y cultivos en sus analogías y necesitaba observarse a sí misma en el trabajo. O cómo la razón más frecuente que tenía para detener una escena de bondage era usar el baño.

Otros eran más grandes y más abstractos. Todo en la vida de Cathy se sentía sobrealimentado. Los máximos eran más altos, los mínimos más bajos y rara vez se sentía neutral. Su amante estaba en el control del orgasmo, por lo que Cathy estaba perpetuamente cachonda. Todo lo que hacía se sentía de alguna manera sexual, desde vestirse por la mañana hasta pedir Starbucks para conocer a un extraño y mirarlos reflexivamente. A veces, algo tan simple como respirar profundamente en un día claro y soleado podría hacerla sentir increíblemente VIVA en letras mayúsculas . Lejos de asustarme, o lo que sea que Richard hubiera esperado, hizo que me interesara más. Mis propios experimentos en ese departamento me dieron una idea de lo que ella estaba tratando de decir, y me gustó la idea de agregar algo de sabor a mi vida diaria. Culpó de todo a Richard, a quien llamó 'El mago', por presentar a su ama a las burlas y la negación.

La expresión de su rostro me hizo preguntar: "¿Por qué eres 'El mago'?"

Me ignoró y frunció el ceño a Cathy: "Esperaba que hubieras olvidado ese maldito apodo. ¿Por qué no le cuentas el tuyo, Firefly?" Por alguna razón, a pesar de todas las cosas sexuales personales que ya había compartido descaradamente, esto hizo que las mejillas de Cathy se sonrojaran.

"El suyo es fácil, su cabello es realmente ardiente", señalé.

"Sí, Firefly porque soy pelirroja", dijo Cathy rápidamente, "De todos modos, volviendo a Wiz—"

"Cathy". Richard cortó suavemente sus palabras como un cuchillo. Ni más alto ni más bajo, pero con una autoridad inconfundible que me hizo temblar y Cathy saltó como si la hubieran pillado con su teléfono en el trabajo.

"¡Bien!" Ella confesó: "Obtuve mi apodo en nuestro pequeño grupo porque, cuando la señora Sam me azota, mi trasero blanco pálido brilla como una luciérnaga". Todos nos reímos. Sin embargo, me hizo preguntarme. ¿Suficiente gente había visto este fenómeno para estar en el apodo?

"¿Cuántas personas te han visto azotado?"

"Todos en el grupo de reunión y algunos otros amigos nuestros". Ella se sonrojó más profundamente, haciéndola iluminarse de una manera muy linda. "Esa no es la mierda más pesada que le ha pasado a una multitud".

'¿Qué es lo más pesado que ha pasado en este grupo?' Me pregunté, pero decidí dejar esa pregunta para otro momento. Richard se había desviado y no podía dejar que se saliera con la suya reenfocando la atención fuera de sí mismo.

"Volvamos a ti ahora. ¿Por qué eres el mago?"

"Es porque él puede hacer magia—" comenzó Cathy.

"No puedo hacer magia", dijo Richard con los ojos en blanco.

"—Aunque él lo niega," presionó a través de su interrupción. "¡Afortunadamente, no necesitas creer en mi palabra o en la de él! Puedes mirar alguna evidencia y decidir por ti mismo". Sacó su teléfono.

"No me digas que tienes ese video guardado y lo llevas contigo a todos lados". Richard gimió.

"¡ Por supuesto que sí! ¿Tienes alguna idea de lo caliente que es para nosotros los submarinos?" Me pasó su teléfono, "¿tienes auriculares? Toma, usa los míos. Hablando en serio, Richard, es bueno que los vea si quieres darte una idea de cuán intenso puede ser el intercambio de energía".

Suspiró pero asintió, "Está bien, pero ten en cuenta que es el extremo más extremo. Debería servir como una advertencia".

Miré entre ellos, tratando de decidir qué tan serios eran. "Eso es un montón de acumulación. Perdónenme si estoy escéptico de que algo pueda estar a la altura". Richard sonrió a sabiendas, como para recordarme que había pasado años intercambiando porno conmigo y que sabía muy bien lo que estaría a la altura de mis expectativas.

Auriculares puestos, le doy al play.

Inmediatamente, me asaltó el sexo gráfico. La cámara enfocó a una bella mujer acostada boca arriba sobre una mesa elevada con los ojos cerrados, los brazos a los lados y las piernas abiertas. Específicamente, se centró en su coño, que claramente estaba muy caliente. Riachuelos de humedad se trazaron desde sus partes inferiores hasta su trasero y sus músculos pélvicos se contrajeron. Una figura sombría se agachó junto a su cabeza y pareció susurrarle al oído. De vez en cuando, la acariciaba. Su rostro, su cuello, su cabello, sus caricias eran gentiles y parecían transmitir calidez y afecto... y amor.

Me moví incómodamente. Estaba claramente Chloe en la mesa y Richard encima de ella. 'No seas celoso, ahora es tuyo, pronto esos dedos te estarán acariciando.'

Él nunca fue más abajo de su clavícula, pero su cuerpo respondió como si tuviera un vibrador presionado contra su clítoris. Sus abdominales se flexionaron, sus pechos se agitaron y todos sus músculos temblaron. Ella se convulsionó pero nunca se movió, como si fuera un mimo actuando como atada por cuerdas invisibles. Sus brazos presionaron hacia abajo mientras sus muslos luchaban por abrirse más, apretarse y permanecer perfectamente inmóviles al mismo tiempo. Minuto a minuto, sus luchas se hicieron más pronunciadas. Sus labios se inundaron de sangre y su clítoris se hizo claramente visible entre ellos. Ella gimió libremente, como una estrella porno actuando como una puta hambrienta de polla. Richard se movió para estar a su lado, como el príncipe azul inclinado sobre Blancanieves pero infinitamente más clasificado X. Sin dejar de susurrarle, avanzó poco a poco hacia su boca. Las caderas de Chloe se impulsaron en el aire, volviéndose más frenéticas a medida que Richard se acercaba a su objetivo.

Entonces Richard la besó y el coño de Chloe explotó en el orgasmo. Su clítoris parecía que iba a estallar y su vagina no podría haberse contraído más fuerte si hubiera tenido una polla enterrada dentro de ella para agarrarla. Sentí que se me caía la mandíbula. Nada más que aire había tocado alguna parte erógena de ella. Mi propio cuerpo respondió a la cruda furia del orgasmo de Chloe mientras seguía corriéndose y corriéndose . Los labios de Richard aún presionados contra los de ella, su lengua claramente en su boca, su orgasmo siguió su curso durante un minuto y medio.

La pantalla se puso negra.

"¿Cómo diablos hiciste eso?" —pregunté a Richard. Tanto él como Cathy se rieron.

"Deberías haber visto tus ojos abriéndose más", se burló Cathy, "Como dije, es un maldito mago".

Richard se encogió de hombros, pero parecía claramente satisfecho de sí mismo. "Simple. Le dije que se corriera y ella obedeció".

"¿Cómo se supone que eso es una advertencia?" Yo pregunté. "Ninguna mujer en la Tierra podría ver eso y no querer probarlo. Hazme eso a mí también, por favor". Señalé la pantalla, "Tomaré lo que ella está tomando".

"Está bien, bromas aparte, hay mucho condicionamiento que hace que la hipnosis sea posible". Cathy articuló 'Mago' a espaldas de Richard cuando él dijo 'hipnosis'. "No es control mental, requería que ella realmente quisiera dejarme entrar en su mente y obedecerme. De todos modos, retrocede un segundo. ¿Puedes darte un orgasmo de manos libres? ¿Alguno de ustedes? Por supuesto que no, eso es por qué el video es tan fascinante para ti. Tampoco Chloe".

"Pero", señalé el teléfono, "acabo de verla hacerlo".

"Sí y no. Sí, tuvo un orgasmo sin estimulación física. Pero no, no podía dárselo a sí misma. No podía pensar que estaba al borde del abismo, necesitaba que yo la hablara. Le dije que lo hiciera. Ésa, Erika, es tu advertencia. Su sonrisa se desvaneció y su mirada me perforó, como si tratara de forzarme su mensaje con el peso de él. "De una manera muy real, le dije que hiciera algo que era imposible para ella sola, pero me obedeció de todos modos. Ese es el poder que un dominante puede ejercer sobre un sumiso. Ese es el control que yo podría tener sobre ti". . Si eso no te preocupa, al menos un poco, debería".

Cathy asintió, también seria, "Es verdad. Es lo mismo para mí. Después de un tiempo, te acostumbras tanto a someterte y ser obediente que la desobediencia se siente visceralmente mal. Incluso solo la idea. También soy súper sensible a todo, desde mi ama. Creo que eso es cierto para todos los sumisos. Si tu Amo está enojado contigo, o diablos, aunque sea un poco decepcionado, te arruina. No puedo comer, no puedo dormir, no puedo pensar en nada otra cosa. Hará un montón de cosas para evitar ese sentimiento.

Eso se abrió camino en mi cabeza. Ya era bastante sensible a Richard. Demonios, acababa de pasar una semana superándome solo para tratar de ahogar mi miedo de sentirme rechazada por él. ¿Sentiría ese miedo aún más agudamente? ¿Se expandiría para incluir cualquier tipo de negatividad de él? me preocupaba Nunca quise ser tan emocionalmente necesitado, pero ¿no estaba ya en camino hacia allí?

Pero eso no nos dio suficiente crédito como pareja, ¿verdad? Ricardo se preocupaba por mí. Siempre se había preocupado por mí como su mejor amigo y ahora sabía que se preocuparía aún más como mi amante. Podía sentirlo muy dentro de mí. Él realmente se preocupó por asegurarse de que yo estuviera cómodo y me sintiera seguro.

"Confío en ti", traté de poner el mayor sentimiento posible en las palabras, para asegurarle que realmente lo decía en serio. Siempre me ha gustado transmitir mis emociones, pero su sonrisa me hizo saber que entendía. Lo miré a los ojos, tratando de transmitir tanta emoción como fuera posible, pero sentí que me perdía en los hermosos patrones de azul, verde azulado y amarillo que rodeaban sus pupilas negras. Él, por otro lado, parecía estar mirando más allá de mi exterior profundamente dentro de mí. Quería mostrarme a él, que me viera. Confío en ti, te quiero. Traté de transmitir mis pensamientos a su cabeza a través de nuestros ojos. 'Confío en ti. Te deseo. Quiero todo de tí. Quiero hacerte feliz. Quiero besar-'

El pensamiento apenas había comenzado cuando de repente no hubo espacio entre nosotros. Sus brazos alrededor de mí, su cara a centímetros de la mía, parecía más alto que yo a pesar de tener la misma altura. Respiré su calidez y cercanía y sentí que mis ojos se cerraban solos. 'Oh, Dios mío, oh, Dios mío, oh, Dios mío'. Tan románticamente cursi como suena, cuando sus labios tocaron los míos, mis piernas realmente casi se rinden. Todo mi cuerpo pareció suspirar al mismo tiempo y apenas tuve tiempo de registrar lo calientes que se sentían sus labios antes de que su lengua estuviera en mi boca. ¿Sentía tanto calor porque el helado me había enfriado? ¿Por qué no había funcionado en él? ¿Por qué estaba pensando en un helado en un momento como este? Apagué mi mente y me apreté contra él. Mi lengua luchó con la suya y bailamos alrededor de mi boca. Por mucho que lo intentara, no parecía ganar terreno en su boca. Alternamos entre entrelazar nuestras lenguas y él sujetando la mía. Me abrazó para hacerme sentir querida, querida de una manera que necesitaba sentir de él durante años.

Fue perfecto. En retrospectiva, no puedo decir si se sintió así porque el beso fue realmente bueno o porque fue nuestro primero simbólico. En ese momento, sentí pura alegría eufórica. Bueno, tal vez no en realidad alegría 'pura'. Estaba diluido con un poco de lujuria. Está bien, tal vez mucha lujuria. Estaba jadeando, mojado en algunos lugares y duro como una roca en otros cuando finalmente nos separamos.

"Leíste mi mente", le susurré, "realmente eres un mago".

"Sin magia, simple biología muggle. Tus pupilas estaban muy dilatadas. Significa que estás excitado".

"Wow, parece que ambos necesitaban eso". ¡Me había olvidado de Cathy!

"¡Lo siento! No queríamos convertirte en una tercera rueda".

"Es genial, me he colado en muchas sesiones de besos. En lo que respecta a los heterosexuales , eso fue bastante bueno . Les doy 8 de 10. Chicos, puntos por sed pura, pero podría mejorarse con más manoseos y menos ropa".

'¡Menos ropa! Ahora hay una idea. Me di cuenta de que estaba manoseando descaradamente el pecho de Richard a lo largo de los botones de su camisa. Cathy notó con una sonrisa: " Dicho eso , creo que me iré a casa ahora. Te encontraré en línea, Erika. ¡Estoy segura de que los veré a ambos pronto!" Podría haberse desvanecido tan repentinamente como había aparecido. No sé, estaba demasiado ocupado sonriéndole como un tonto a Richard.

"Vámonos a casa", le dije. Ver su asentimiento se sintió como pura victoria.

PARTE 4

Mi pequeño apartamento se sentía completamente diferente. Richard se sentó en mi cómoda silla de escritorio mientras yo ocupaba la dura silla plegable típicamente reservada para invitados. Simplemente había sucedido de esa manera. Como si fuera su casa y yo estuviera viviendo aquí. Lancé una mirada tímida alrededor del lugar. Mi ropa de trabajo todavía estaba amontonada donde la había tirado antes, mi cama estaba deshecha contra la pared del fondo, los platos aún estaban en el fregadero y mi escritorio estaba completamente desordenado. Richard notó que el disco duro todavía estaba conectado a mi computadora portátil y me preguntó en broma si había sacado algún uso de él recientemente. Sentí que me subía la sangre. Podría haber sido el golpe más sexual que jamás me había dado.

Me gustó, y después de toda la acumulación estaba cansado de esperar. Así que le conté todo lo que había estado haciendo antes de la cena. Le dije que había hecho lo mismo todos los días durante una semana, trabajando hasta esta noche. Encendí el coqueteo erótico que siempre quise ser para él, siendo lo más provocativo posible describiendo mis dedos retorciéndose dentro de mí mientras imaginaba todas las cosas que le haría y él me haría. Cómo lo chuparía todo hasta las bolas hasta que se endureciera en mi garganta. Cómo había estado tan mojada durante horas que él se deslizaba dentro de mí instantáneamente sin ningún juego previo. Cómo deseaba que me empujara, fuerte y rápido, golpeándome lo suficientemente fuerte como para hacer temblar la cama.

Escuchó, cortésmente atento como siempre, tan casual como si estuviéramos hablando de dónde almorzar. "Y dices que eres malo expresándote", comentó irónicamente. Su postura cambió sutilmente de una relajación casual a una más concentrada e intensa. "Eso es lo que quieres , ¿eh? ¿'Atragantarme con mi polla y que me la follen hasta las astillas', como lo dices tan elocuentemente?" Tragué y asentí, mis palabras sonaban mucho más sucias viniendo de su boca. "Bueno, llegaremos a eso muy pronto. Primero, sin embargo, tenemos que hablar sobre las dos leyes".

"¿Solo dos reglas?"

"Oh, no, tendrás toneladas de reglas para seguir. Estas son diferentes, se llaman leyes por una razón. Cuando te pones manos a la obra, las reglas son solo parte del juego. Si las desobedeces, recibes un castigo sexy y el juego continúa Las leyes, por otro lado, siempre deben ser obedecidas por los dos.

"La primera ley es para palabras seguras. Rojo y amarillo. Diga 'Rojo' en cualquier momento y todo se detiene. Diga 'Amarillo' y disminuimos la velocidad. Las palabras seguras existen para mantenernos a salvo y ayudarnos a sentirnos cómodos . Puedes usarlos en cualquier momento, por cualquier motivo. Hablaremos sobre cómo te sientes y cómo ayudarte a sentirte mejor. Nunca hay vergüenza en usar una palabra segura". Su enfoque agregó una ventaja a sus palabras: "No muestra falta de confianza o voluntad de someterse ni nada por el estilo. Nunca debes sentirte presionado en contra de usarlos. Si alguien alguna vez trata de decirte lo contrario, diles que se jodan". ellos mismos.

La segunda ley es la honestidad. Nunca te mentiré y espero que siempre seas honesta conmigo. Si, por ejemplo, te estoy azotando y te controlo, espero que seas honesto. Si tienes un dolor muy fuerte y no puedes más, espero que me digas eso y no mientas porque crees que es lo que quiero escuchar. Está bien y no estoy enojado, debes creer eso y no dudarlo.

"Básicamente, las dos leyes tienen que ver con la comunicación abierta y honesta. Es importante para todas las parejas, pero es especialmente crítico para el BDSM. El intercambio de poder es bastante complicado sin tener que lidiar con cosas básicas como esa".

"Rojo y amarillo. Fácil de recordar. Lo entiendo. ¿Pero eso no significa que podría quejarme para evitar ser atado o azotado?" Eso cambió su sonrisa de seria a lobuna.

"Eso podría ser una preocupación para algunas personas, pero no para ti. No sabes cómo hacer nada a medias . Es parte de lo que te hace tan atractivo para mí. No me preocupa que des menos del 100 por ciento". Me preocupa que intentes esforzarte al 130 por ciento y te lesiones".

"Bastante justo," asentí.

Se incorporó lentamente, de alguna manera parecía ganar más altura de la que debería. Parecía un depredador mirando hacia abajo a una presa muy sabrosa. Me hizo sentir al mismo tiempo más pequeño pero deseado. "Toda tu vida has tenido el control de ti misma. Cómo pasas tu tiempo, cómo te mueves, a quién persigues, cómo tienes sexo... Eres virgen en este nuevo mundo, Erika. virgen dispuesta". Su sonrisa feroz se amplió, como si yo fuera un bistec con olor jugoso, "Así que ahora... ¿estás listo para ceder algo de control?"

¡Nunca había estado más lista!

Anticlimáticamente, no me empujó al suelo y me jodió. En cambio, me indicó que me pusiera de pie con la espalda contra la pared. Eso y nada más. Se sentó, sus ojos vagando sobre mí mientras yo estaba inquieto. Parecía alguien en un museo tomándose su tiempo para apreciar la pintura de un maestro. Sin enfocarse en ninguna parte de mí en particular, parecía estar capturándome todo a la vez. Imaginé que podía sentir su mirada como una sensación física muy ligera jugando sobre mi piel. Me hizo sentir muy expuesta, a pesar de estar completamente vestida.

"¿Sabes por qué te encuentro atractiva?" Preguntó. Me sorprendió lo repentino y la pregunta en sí. Hasta hace unas horas, había estado seguro de que no estaba interesado en mí en absoluto.

"No—um—" Me di cuenta de que debería darle algún honorífico pero no sabía qué usar, así que por defecto dije "—Maestro". Eso le valió una risita.

"Prefiero 'Señor', pero me gusta dónde está tu cabeza".

"Oh. ¿Puedo preguntar por qué?"

"Siempre puedes preguntar 'por qué'. Por lo general, incluso responderé. Maestro implica un nivel de... bueno, dominio, que no siento que posea. En realidad, es parte de por qué no me gusta ese apodo de

'Mago' tanto. Ambos parecen transmitir una sensación de infalibilidad que no soy yo ".

"Oh. Está bien, señor. No, no lo sé".

"Eres fuerte, decidido, muy inteligente", se puso de pie y vino hacia mí, "y posees un sentido de ti mismo que es totalmente tuyo. Buscas y haces lo que te hace feliz simplemente porque te hace feliz, las expectativas de malditos sean los demás. Admiro esa valentía en ti. Mi rostro se calentó ante su alabanza y me hinché de orgullo. ¡Se sintió fantástico ser reconocido así por él!

Sin embargo, tenía curiosidad, "¿pero esos no son realmente rasgos muy sumisos, señor?"

"Por el contrario, esos son los rasgos más atractivos que puede tener un sumiso. Cualquiera puede dominar a alguien débil. Puede ser divertido, pero no tiene nada de especial. Alguien débil tiene poco poder para ceder ante el dominante". Me acarició ligeramente la mejilla, las yemas de sus dedos enviaron escalofríos por toda mi cabeza, "Pero cuando alguien fuerte decide ceder su poder a un dominante... bueno, eso es algo completamente diferente". Su mano se deslizó hasta la parte de atrás de mi cabeza, agarrando mi cabello con firmeza pero sin incomodidad. Descubrí que no podía moverme, no podía darme la vuelta aunque hubiera querido. No quería, me incliné en su mano queriendo sentir más.

"Tienes tanto poder dentro de ti, Erika", susurró, su rostro a poco más de una pulgada del mío. "Sentirlo es muy intoxicante para mí". Respiró hondo, como un conocedor que huele un buen vino. Sus labios consumieron mi visión, tan cerca de la mía. Quería sentirlos de nuevo, pero su agarre en el cabello justo detrás de mi cabeza me mantuvo firmemente en su lugar. Traté de inclinarme hacia adelante, mi deseo luchó brevemente contra su agarre sobre mí, antes de rendirme y dejarme descansar contra su mano nuevamente. Nunca antes en mi vida me había sentido tan controlado. Sus ojos quemaron en mí y mi respiración se convirtió en jadeos cortos. Me pregunté si mis pupilas se estaban dilatando de nuevo.

Entonces Richard me soltó y dio un paso atrás. "Quítate la blusa y el sostén", dijo. Casualmente, como si hubiera preguntado qué hora era.

Algo en eso me hizo sonrojar de nuevo. Quería esto. Quería sentir más e ir mucho más lejos. Pero, de alguna manera, dar el primer paso y mostrarle mis pechos me hizo sentir muy nerviosa. Dolores de incertidumbre acerca de mi cuerpo se deslizaron por los rincones de mi mente. ¿Qué pasa si le parezco demasiado marimacho? Mis manos no entraron en acción para obedecer automáticamente su orden. Eso hubiera sido demasiado fácil. En su lugar, buscaron a tientas detrás de mí con el broche como un estudiante de secundaria virginal tratando de llegar a la segunda base. Finalmente se desabrochó y tiré el sostén a un lado. Irónicamente, aterrizó justo al lado de mi cama encima de mi ropa desechada hace horas.

Amo mis senos. Los adoro absolutamente hasta la muerte. Me encanta cómo se sienten en mis manos, me encanta el placer que me dan, me encanta la sensación de libertad cuando se liberan después de un largo día en sujetador. Y, en ese momento, ME ENCANTÓ absolutamente el efecto que tuvieron en Richard. Sus ojos estaban pegados a ellos y asintió levemente en agradecimiento. Tal vez me lo imaginé, pero podría jurar que le estaba creciendo un bulto en los pantalones.

"Entrelaza los dedos detrás de la cabeza y arquea ligeramente la espalda". Rápidamente obedecí, levantando los brazos y sacando el pecho, haciendo que mis tetas sobresalieran lo más posible. Una vez más, sus dedos trazaron mi piel, esta vez en mis abdominales. "Mantente quieto".

"Sí, señor", le prometí. Se deslizó sobre mis suaves y duros abdominales, lo suficientemente ligero como para enviar pequeños zarcillos de placer a través de mí con su toque. Los escalofríos me recorrían hacia arriba a medida que subía, centímetro a centímetro sobre mi estómago. Se burló de mí, yendo agonizantemente lento, sintiendo mi piel desnuda por todas partes excepto en los lugares que quería. Mis pezones se pusieron más duros y más pronunciados con cada latido del corazón. Gritaban por atención, para ser frotados, pellizcados y complacidos. Sin embargo, para mi consternación, los pasó por alto y en su lugar se concentró en mis brazos y hombros.

"Tienes excelentes tríceps y hombros", felicitó con admiración. Eso casi compensó todas las burlas. Hay un grupo selecto de cosas por las que las chicas están acostumbradas a recibir elogios de los hombres, y esos músculos no están en la lista. ¡Le gustaba mi cuerpo por lo que era!

"¡Gracias, señor! Son años de baloncesto y sudor en el gimnasio".

Finalmente, en un solo movimiento, tomó mis dos pechos. Se expandieron en sus manos fuertes y firmes cuando inhalé, haciéndome jadear de placer.

"¿Son muy sensibles?" preguntó, notando mi reacción.

"Por lo general, no tanto", estaba teniendo grandes dificultades para mantenerme quieta y no presionarlo. Apretó ligeramente, claramente disfrutando de acariciarme tanto como yo. Cerré los ojos y bebí las sensaciones. Mi pecho se llenó de placer cuando me presenté a Richard para jugar como él deseara. Esto se sentía bien.

Mis pezones explotaron. Mis ojos se abrieron de golpe y me doblé, dejando escapar un extraño sonido de gemido. Richard tenía mis cogollos muy excitados entre sus dedos y los estaba enrollando sin demasiada suavidad.

"Quédate quieto", me recordó. Asentí, pero fue muy difícil. El placer me recorrió, condimentado con un poco de dolor cuando me apretó. Cada pulso de sensación envió una sacudida a mi clítoris. Me sentí como su juguete. Como si mi cuerpo existiera para su diversión y mi conciencia existiera para sumar a su diversión. Pellizcó y apretó, disfrutando de verme alternar entre suspiros de placer y aullidos de sorpresa.

"¿Placer o dolor?" preguntó.

"Ambos", jadeé, "es muy intenso". Él sonrió ampliamente y los soltó, amasando mis senos mientras dejaba tiempo para que los pezones se recuperaran. En todo caso, esto fue aún más intenso que antes. Poderosas sensaciones de hormigueo concentraron todo mi enfoque en dos puntos sensibles mientras la sangre inundaba de nuevo en ellos.

"Tu rostro es maravillosamente expresivo. Muy genuino. Ahora quítate el resto de la ropa".

Esta vez obedecí sin dudarlo. Mis jeans y bragas estaban sobre mis caderas y mis piernas antes de que registrara completamente lo que había dicho. Estaba tan mojada, tan lista para un verdadero placer, que no podía esperar para sacar mi coño a jugar. Golpeé un ligero obstáculo alrededor de mis pantorrillas. En serio, quienquiera que haya diseñado los jeans de mujer no tenía en mente quitarlos rápidamente, especialmente en piernas atléticas. Finalmente, totalmente desnuda, me paré frente a Richard.

Esperaba que se burlara de mí aún más, pero en lugar de eso, inmediatamente acarició mi arbusto.

"Aféitate esto antes de nuestra próxima reunión".

Bueno, tal vez esto era en realidad más bromas. Apenas le dio a mi coño alguna presión o contacto, simplemente acarició suavemente y tiró de mi cabello. Fue muy molesto. "Pensé que te gustaba un poco de pelo en el coño", le dije.

"Sí, y esto es bastante agradable. Sin embargo, voy a aprender sobre tu cuerpo y cómo responde, por lo que tener una visión clara de tu sexo será muy útil. Además, valoras mucho tu vello, así que aféitalo". para mí será un recordatorio diario de tu sumisión".

Tragué saliva, "Sí, señor". Debe sentir lo mojada que estoy. ¡Vamos, fóllame! Traté de empujar discretamente mis caderas hacia adelante, solo un poco, pero él ajustó su mano antes de que pudiera hacer contacto.

Richard volvió a sentarse y me hizo señas para que avanzara. "Arrodillarse." Estaba muy agradecido de haber puesto una alfombra. Mis respuestas llegaban más rápido, con menos pensamiento de mi parte. Acomodarse en su control se sentía bien. Realmente no tuve que pensar mucho, solo sentir y disfrutar. "Las rodillas se separan un poco más, cruza los brazos detrás de la espalda. Agarra los antebrazos lo más alto que puedas". Me guió a la posición que quería, con las tetas hacia afuera y las piernas abiertas, diciendo que se llamaba 'Postura Expuesta'.

Expuesto tiene razón. Joder, esto es intenso. Richard se alzaba sobre mí como una estatua. Solo llegué hasta el tercer botón de su cinturón. Todavía completamente vestido con su traje impecable y limpio, Richard miró mi completa desnudez. La diferencia de altura me pareció claramente nueva y extraña. Siempre hemos estado en alturas similares, estaba acostumbrado a verlo a mi nivel. Ahora, bien podría haber sido Zeus sentado en la cima del Olimpo. Además de eso, la pose en sí era más exigente de lo que hubiera pensado. Mis rodillas se clavaron con fuerza en la alfombra y mis hombros no estaban contentos con lo mucho que se les pedía que se estiraran.

Traté de darle sentido a todo lo que estaba sintiendo, pero me rendí. Decir que me sentía expuesta o vulnerable simplemente no lo cubrió. Estaba arrodillado en el suelo a los pies de mi mejor amigo porque él me lo había dicho. Pero más que eso, estaba aquí porque quería estar. Quería obedecerle, y expresar eso tan abiertamente me hizo sentir más desnuda de lo que la simple falta de ropa podría explicar.

Pero no. 'Vulnerable' implica algún tipo de amenaza percibida, ¿no es así? Eso no estaba bien. Me sentí completamente seguro, sostenido firmemente en control. Era casi liberador sentirse tan despreocupado. Se sentía muy... abierto. Como si mi yo interior estuviera en exhibición junto con mi cuerpo.

"Eres hermosa", me dijo, mirándome apreciativamente. De repente me di cuenta de que arrodillarme me acercaba mucho más al bulto en sus pantalones. El bulto muy claramente en forma de polla justo debajo de la hebilla del cinturón. Me lamí los labios, hambrienta por ello. Dos dedos debajo de mi barbilla devolvieron mi atención a su rostro. "Date placer".

"¿Qué?"

"Me escuchas."

Mis brazos se crisparon detrás de mí. "Como... ¿Masturbarse? ¿Señor?"

"En efecto."

Sí, ¿todo lo que acabo de decir sobre sentirse desnudo? Olvida todo eso, ESTO es para lo que debería haber guardado esas descripciones. Mis dedos se deslizaron entre mis labios con más facilidad que un patinador en una pista de hielo. ¡Ese primer deslizamiento largo y duro sobre mi clítoris pareció conmocionar mi sistema, llevándome de sentirme molestada a estar completamente lista para follar! Pensé que me iba a correr en el acto.

Se movió de mi barbilla para acariciar mi mejilla, jugando suavemente con algunos mechones de cabello.

"Necesitas mi permiso antes de que puedas tener un orgasmo, mi mascota". Gemí de placer, los sonidos húmedos de mi chapoteo llenando la habitación. "Eres mía ahora. Tu sexualidad es mía para jugar. Yo decido cuándo te corres... si te corres". ¡Es completamente injusto que me digan que no tengo control sobre mis propios orgasmos me excita tanto y me dan ganas de correrme AHORA MISMO! Sentí que hervía dentro de mí, la presión, aumentando la necesidad de liberación. Era demasiado, abrumador, arrodillarme con mi coño completamente abierto, follándome por su capricho.

Observó atentamente, prestando mucha atención a mis dedos, notando cómo favorecía mi clítoris y me movía hacia la penetración cuando me sentía cerca de correrme. A medida que comenzaba a adaptarme a lo que estaba sucediendo, agregó otro nivel.

"Sigue mirándome a los ojos, no mires hacia abajo". ¿Por qué miraría hacia abajo? Su expresión mirándome era hermosa. Su emoción escrita allí me hizo sentir tan especial. Sin embargo, su sonrisa juguetona y cómplice había regresado. Esa maldita sonrisa que siempre significaba que él sabía algo que yo no.

Escuché una cremallera. 'Oh, Dios mío, ¿es eso? ¿Acaba de hacerlo? Sin mirar, instintivamente supe que su pene estaba libre y a centímetros de mí. Una mirada hacia abajo y finalmente lo vería. La polla de Richard... ¿cuántas noches me había quedado dormida soñando que me la follaba? ¿Cuántas clases había soñado despierto imaginándolo desnudo? ¡Ahora estaba justo ahí! Pero no pude mirarlo. Era tan difícil de obedecer que involuntariamente bajaba la cabeza y necesitaba forzarla a levantarla.

Por supuesto, solo empeoró cuando me di cuenta de que se estaba acariciando. El calor entre mis piernas se aceleró y apreté mis dedos.

"Por favor", gemí, "es tan difícil, por favor, ¿puedo mirar?"

"Estoy disfrutando verte luchar. Verte elegir la obediencia sobre tu propio deseo es muy emocionante. Lo estás haciendo bien". Sonaba orgulloso. ¡Orgulloso de mi! Quería ser fuerte para él, pero mis hormonas estaban en mi contra. Lo había deseado demasiado durante demasiado tiempo, era una tortura soportarlo. Solo a unos centímetros de distancia y sentiría su dura suavidad... Extrañaba la sensación de antes, la libertad que había sentido sin tener que luchar y tomar decisiones.

Entonces, en lugar de su polla, busqué a tientas su otra mano y la llevé a mi cabeza. Él entendió sin palabras, agarrando mi cabello justo detrás de mi cabeza una vez más y sosteniéndome firmemente en mi lugar. Inmediatamente sentí que se me quitaba un peso de encima. Ya no necesitaba vigilarme ni preocuparme por poder obedecer. Acaricié suavemente su brazo, disfrutando la sensación de su cálida piel contra mi mejilla y la fuerza autoritaria de su agarre.

Me sentí conectado con él. Parecía haberse formado un vínculo entre nosotros, más fuerte que el control físico que tenía sobre mí. Como si darle mi fuerza y mis problemas y que él fuera fuerte para mí nos hubiera acercado más. Se sentía muy íntimo y muy, muy sexual. Pasaba más tiempo fuera de mi clítoris que sobre él para evitar volcarme. quiero correrme ¡Cada célula de mi cuerpo quería correrse! Pero también podía sentir cuánto excitaba a Richard mis continuos retiros lejos de mi clítoris, lejos de correrme . ¡Sería obediente para él! Fue difícil, pero seguí avanzando, obteniendo mi satisfacción de su respiración acelerada y el tapiz de placer facial.

No estoy seguro de cuánto tiempo estuvimos mirándonos íntimamente. El tiempo parecía algo amorfo, como si existiéramos juntos en una burbuja donde nada más importaba. De un latido a otro, un círculo sobre mi clítoris palpitante e hipersensible y un suave gemido contra su brazo, dando vueltas en círculos.

"¿Cómo te sientes?" finalmente se registró.

"Un poco abrumado, señor. ¡Pero en el buen sentido!"

"Bien. Es hora de dejar atrás los juegos previos". Jadeé cuando sentí que guiaba mi cabeza hacia abajo, "puedes lucir tanto como quieras ahora. Si no estás demasiado cerca, eso es". ¡Iba directamente a su regazo!

Es difícil decir si estaba guiando mi boca hacia su pene o si me estaba impidiendo golpear mi cabeza contra su entrepierna. Apenas pasó por delante de mi visión antes de que lo envolviera entre mis labios. Cada centímetro de su hombría que pasaba dentro de mí parecía llenarme de vértigo, como si acabara de descubrir el mejor juguete de todos los tiempos. Estaba decidida a sentirlo tanto como fuera posible, explorar cada parte más pequeña de él con mi lengua. Su sabor me inundó, combinado con su olor y su palpitante emoción, todo viniendo hacia mí a la vez. Almizcle, piel suave que cubre un deseo duro como una roca, con un toque de líquido preseminal de sabor salado. Lentamente, me eché hacia atrás, pasando mi lengua de un lado a otro de su parte inferior. 'Debería estar aquí, justo debajo de la cabeza...' Gimió, duro y largo, cuando llegué al punto óptimo.

Me sentí intensamente satisfecho de poder sacar ese sonido de hombre sexy de él, más allá de su autocontrol dominante, pero tuve poco tiempo para felicitarme a mí mismo. Su agarre firme en mi cabello me presionó de nuevo, lentamente más y más profundo.

"Dime cuando sea demasiado".

Me encanta dar mamadas. Me encanta todo lo relacionado con el sexo oral, pero la garganta profunda nunca ha sido mi fuerte. Todavía quedaban unas buenas dos pulgadas de pene más allá de mis labios cuando su cabeza golpeó la parte posterior de mi garganta y su mano guía dejó de presionar hacia adelante. Quería más, traté de obtener más, pero mi maldita garganta simplemente no tenía nada de eso. Tuve arcadas con fuerza y me vi obligado a retroceder.

No me dio tiempo para sentirme decepcionado. "Eso se sintió fantástico", me sonrió, "Esta vez vas a probar mi semen".

Me guió a un ritmo constante. Arriba y abajo, su mano en mi cabeza, deteniéndose en cada golpe ascendente para dejarme lamer su punto dulce antes de derribarme de nuevo. Realmente se sintió como una guía y no como una fuerza. Como si fuera yo quien le hiciera la mamada en lugar de que él me la hiciera a mí, si eso tiene sentido. Simplemente me estaba mostrando cómo le gustaba más. Sin embargo, la experiencia me hizo sentir profundamente sumisa. Arrodillándome ante él como si fuera mi rey, adorándolo mientras ignoraba cuánto más húmedo estaba poniendo mi ya palpitante coño.

yo estaba en el cielo Tarareé bajo en mi garganta para hacer vibrar su polla, ganándome otro gratificante gemido de placer de su parte. Lo chupé fuerte y descuidadamente, manteniendo mi lengua constantemente dando vueltas y vueltas mientras su placer aumentaba. Corrientes constantes de sal acompañaron palpitaciones más rápidas que llenaban la mandíbula mientras lo chupaba. Hice lo mejor que pude para mantener el contacto visual, mirando hacia arriba y tratando de comunicar con mi expresión lo mucho que amaba su polla mientras me concentraba en mi interior. ¡Realmente fue mucho trabajo! Arriba , lame rápido debajo de su cabeza. Deslízate hacia abajo, pasa mi lengua por todo su eje. Abajo en la base: tararea profundo, sonríe sin soltar el sello. Deslice hacia arriba, chupe tan fuerte como pueda para presionar su cabeza. Una y otra vez mientras me guiaba arriba y abajo, acelerándome suavemente a medida que se acercaba. Me encontré deseando que hubiera algún tipo de máquina de mandíbula en el gimnasio. Me ardía la lengua y me estaba quedando sin aire.

El placer, cada vez más descontrolado, fluía libremente por su rostro hasta que finalmente me sostuvo firme y convulsionó poderosamente.

Chorros de semen caliente me llenaron, cubriendo la parte posterior de mi garganta y dentro de mis mejillas mientras trataba frenéticamente de tragar y seguir lamiéndolo al mismo tiempo. Parecía una corriente infinita, chorro tras chorro salía disparado de él, abrumando rápidamente mis esfuerzos por mantener el ritmo. Estaba a punto de derramar un poco cuando finalmente disminuyó la velocidad y, con un fuerte gemido, se encorvó hacia atrás y salió de mí.

Saboreé el resto de su semen en mi boca. Realmente no me gusta el sabor y la textura del esperma. Seamos realistas, ¿quién lo hace? Pero sentirlo ahí, ver la sonrisa satisfecha en su rostro y recordar la sensación de él temblando y latiendo mientras me lo había dado... se sentía como un trofeo. ¡Lo había hecho sentir tan increíble! Mi cuerpo lo había excitado tanto que necesitaba que le chuparan la polla, y le gustaba tanto mi cabeza que me había inundado la boca con esperma . Me hizo brillar de orgullo.

Al mismo tiempo, una pequeña sombra de desilusión creció en el fondo de mi mente, ligada directamente a mi goteante y tristemente vacío coño. Con Richard gastado, no me follarían esta noche. Intenté decirme a mí mismo que era tonto y codicioso de mi parte sentirme defraudado. Se suponía que debía pensar en sus necesidades antes que en las mías. Esto era a lo que me había apuntado. De hecho, lo que prácticamente le había suplicado. Lo sabía, pero aun así, después de compartir una experiencia tan íntimamente erótica con él, creo que nunca me había sentido tan caliente en mi vida. ¡Quería correrme, maldita sea! Fue jodidamente difícil aceptar dejarlo pasar.

"Eres bastante bueno en eso", Richard se había recuperado y estaba extendiendo una mano hacia mí, "vamos, tus rodillas deben estar matándote". Lo estaban, aunque no me había dado cuenta hasta entonces. Había estado demasiado distraída con demasiadas otras cosas.

Sin embargo, antes de que pudiera estirarme adecuadamente, me encontré completamente levantada del suelo envuelta en los brazos de Richard. "Me has hecho muy feliz hoy", me susurró al oído, "te mereces una recompensa". Mi corazón dio un vuelco mientras me cargaba la corta distancia hasta mi cama. Sin peso en sus brazos, me sentí hipnotizado por sus ojos sin fondo tan cerca. Realmente no era justo, la forma en que podía accionar un interruptor y abrumar mis emociones de esta manera.

Me acostó con almohadas cómodamente apoyando mi cabeza. Una vez más encima de mí, jugaba lentamente con mi cabello entre sus dedos. A pesar de que todavía estaba desnudo y él todavía estaba completamente vestido, no me sentía tan desnudo . Se sentía más... ¿íntimo? ¿Cómodo? ¿Natural? No sé. Estaba teniendo problemas para pensar con claridad, mi mundo se contraía en pequeños puntos. Los puntos en mi cara donde sus dedos me rozaron, la sensación mientras jugaba con mi flequillo, el lugar en mi cuello donde me besó, la seda debajo de mis manos donde frotaba su pecho y la siempre presente necesidad dentro de mí. que se volvía más urgente por minutos.

Sus dedos recorrieron mi cuerpo mientras se colocaba cómodamente entre mis piernas. Hice una doble toma. ¡Entre mis piernas! ¡Estaba dispuesto como si estuviera a punto de comerme!

Se rió y pude sentir su aliento en la parte superior de mis muslos, "¿Sorprendida?"

"Um, sí, señor". Frotó mis muslos, extendiendo lentamente mis piernas tanto como podía y enviando rayos de placer directamente a mi centro. "No es—*gemido*—lo que esperaba."

"La gente parece pensar que el cunnilingus no es masculino ni dominante. Nada podría estar más lejos de la verdad. Si fueras una marioneta, tus hilos estarían justo aquí. Con un ligero empujón...", presionó un dedo directamente entre mis labios. dibujándolo a través de mi raja y directamente sobre mi clítoris. Todo mi cuerpo saltó como si me hubiera golpeado un rayo y dejé escapar un grito de sorpresa y placer "—Puedo provocar las reacciones más adorables de ti. Hay muy pocas posiciones en las que pueda ejercer un control más directo sobre tu cuerpo. ."

Él estaba en lo correcto. Me retorcí y gemí mientras me tocaba como un instrumento musical. Bromeando mis labios con largos cepillos a través de mi vello púbico para hacerme estremecer y empujar mis caderas. Acariciando mis muslos con suaves apretones justo debajo de mi coño para hacerme temblar y palpitar. Haciéndome chillar y arquear mi espalda con un rápido beso de picotazo directamente en mi clítoris. Trabajó con largos y lentos lametones por todo el camino hacia arriba ya través de mí, cubriendo cada centímetro de mi sensible coño con su lengua.

Era como un investigador que mapeaba cómo reaccionaba al estímulo, probando y experimentando con diferentes niveles de presión y combinaciones. Me mantuvo adivinando y mi nivel de orgasmo subiendo y bajando como una máquina de EKG. Cualquier presión constante sobre mi clítoris me llevó al borde en segundos y lo puso en fila para que retrocediera en sus bromas. ¡Me estaba volviendo loco! Estaba ardiendo de necesidad, mucho más allá del punto de coherencia. Se sintió tan bien. Todo sobre la montaña rusa de estimulación se sentía tan increíblemente bien que no quería que se detuviera. Quería explotar. Para correrme los sesos a través de mi coño por toda su cara. Pero también quería que esto continuara para siempre. Nunca quise que el placer terminara.

Richard parecía encantado entre mis piernas, mirándome de cerca por mis reacciones. Siempre tan cálido y atento conmigo... incluso si estaba usando esa atención para burlarse de mí, me hacía sentir especial. Buscado. Amado.

De repente, me sentí lleno. La carne firme y caliente de al menos dos dedos se introdujo en mi coño y mutiló directamente contra mi punto G. Nunca antes me había corrido por penetración, pero realmente pensé que estaba a punto de hacerlo. Sin darme cuenta, estaba poniendo a prueba la insonorización del apartamento y arrancando las sábanas de la cama. Empujé con fuerza para encontrar sus dedos, queriendo sentirlos lo más profundo posible dentro de mí, queriendo atraer tanto de él como pudiera. Me presionó firmemente hacia abajo, superándome fácilmente con su fuerza.

Richard me miró a los ojos y lentamente, deliberadamente, bajó la boca. "Córrete tanto y tan fuerte como puedas", me dijo directamente entre mis piernas. Entonces mi clítoris estaba siendo succionado con fuerza en su boca. Me chupó profundamente y me lamió con fuerza, cada pequeño bulto de su lengua enviaba una vibración de placer directamente a mi centro. No duré más de tres segundos. Yo vine. Duro. Fue como si una bomba explotara en lo más profundo de mí y explotara una y otra vez con cada contracción. Olas de éxtasis puro estallaron a través de mí, llenando cada centímetro de mí, desde los dedos de los pies hasta el cerebro y lo más profundo de mi mente.

Me vine y vine y vine, apretando con tanta fuerza sus dedos que aún empujaban que pensé que podía sentir sus huellas dactilares. Mi clítoris latía tan fuerte en su boca que pensé que se lo estaba tragando. Nunca dejó de martillar, forzando otro orgasmo justo después del primero. Me sentí derritiéndome, mi mente se volvió un poco borrosa y mi visión se volvió borrosa alrededor de los bordes.

Lentamente, con varias réplicas y recaídas, el incendio forestal se apagó. Todo parecía un poco borroso cuando volví en mí, casi como si hubiera tomado algunos tragos de licor fuerte. Me di cuenta de que casi había aplastado la cabeza de Richard entre mis muslos. ¡Ni siquiera me había dado cuenta de que los había cerrado! Además, podría haberme magullado un poco los senos. Una vez más, ni siquiera me di cuenta de que los había estado apretando.

"Wow... eso fue jodidamente asombroso".

PARTE 5

Poco tiempo después, nos juntamos bajo las sábanas. El ritmo constante de su respiración mientras dormía era relajante, me adormecía pero aún no quería dormir.

Charlamos sobre todo lo que había sucedido, presionándonos mutuamente para obtener detalles sobre cómo se había sentido el otro. Me interesó especialmente escuchar cuán poderoso se había sentido Richard mientras dirigía mi tira lenta. Aparentemente, tocar era una poderosa forma de control, y tener rienda suelta para tocarme mientras me contenía hacía que la dinámica Dom/sub fuera más real. Fue muy interesante escuchar su perspectiva, pero más aún fue glorioso compartir cama con él.

¡Por fin se había quitado el traje! Su pecho desnudo presionaba mi espalda y sus piernas desnudas se entrelazaban con las mías. Siempre he sido un completo fanático de los abrazos. El contacto piel con piel hace cosas poderosas a mis emociones.

Finalmente sintiéndome saciada, sentí que debería ser más analítica. ¿Realmente había hecho todas esas cosas? Se había sentido tan fácil meterse en el papel, tan natural seguir la corriente. Una voz en mi cabeza repitió las palabras de Cathy sobre la obediencia. ¿Qué podría encontrarme haciendo? Tal vez debería haberme preocupado entonces, pero no fue así. Me sentía demasiado bien para preocuparme por nada.

Me quedé dormida sosteniendo la mano de Richard apretada contra mi pecho. '¡Mío!'

FIN

www.ingramcontent.com/pod-product-compliance
Lightning Source LLC
LaVergne TN
LVHW090129160826
845673LV00015B/1120